D1645077

Little Red Riding Hood
Le Petit Chaperon Rouge

Retold by Anne Walter and Fabrice Blanchfort
Illustrated by Marjorie Dumortier

Franklin Watts
First published in Great Britain in 2017
by The Watts Publishing Group

The artwork for this story first appeared in *Hopscotch Fairy Tales: Little Red Riding Hood*

ISBN 978 1 4451 5765 8

Series Editor: Melanie Palmer
Series Designer: Lisa Peacock
Translator: Fabrice Blanchefort
Language Advisor: Laura Lerougetel

Printed in China

Franklin Watts
An imprint of
Hachette Children's Group
Part of The Watts Publishing Group
Carmelite House
50 Victoria Embankment
London EC4Y 0DZ

An Hachette UK Company
www.hachette.co.uk

www.franklinwatts.co.uk

Long ago, a girl called
Little Red Riding Hood
lived in a village by a wood.

Il était une fois une petite fille
qui s'appelait le Petit Chaperon Rouge.
Elle vivait dans un village près d'un bois.

One day, her mother said, "Little Red Riding Hood, your granny is poorly. Please take her this basket to cheer her up."

Un jour, sa maman lui dit: ≪Petit Chaperon Rouge, ta Grand-Mère est malade, va donc lui porter ce panier pour lui remonter le moral.≫

"But remember – don't talk to any strangers on the way," she added.

≪Mais souviens-toi, ne parle surtout pas aux inconnus,≫ ajouta-t-elle.

Little Red Riding Hood set off straight away.
She had not gone far when she felt a tap on her shoulder.

Le Petit Chaperon Rouge se mit aussitôt en chemin.
A peine était-elle en route qu'elle sentit
une main sur son épaule.

It was the big bad wolf!
“What a tasty snack she will make,” he thought.

C’était le grand méchant loup !
≪Miam, quel délicieux goûter !≫ pensa-t-il.

"Are you lost, little girl?" asked the wolf, smiling.
"No," said Little Red Riding Hood. "I'm going to visit my granny. She lives by the stream."

≪Es-tu perdue, fillette?≫ demanda le loup, tout sourire.
≪Non≫ répondit le Petit Chaperon Rouge. ≪Je m'en vais rendre visite à ma grand-mère. Elle vit tout près du ruisseau.≫

"Really!" grinned the wolf, licking his lips.

≪Tiens donc !≫ s'exclama le loup, en salivant.

Litte Red Riding Hood picked up
the basket and hurried on her way.

Le Petit Chaperon Rouge se hâta de récupérer
son panier, et de continuer son chemin.

The wolf also rushed to Granny's house.
"Granny lunch with little girl pudding – delicious!" he thought.

De son côté, le loup se précipita chez Grand-Mère.
≪Une grand-mère pour le repas, puis une fillette en dessert, quel délicieux déjeuner !≫ se réjouit-t-il.

The wolf knocked on Granny's door.
"Come in, dear," called Granny.

Le loup frappa à la porte de Grand-Mère.
≪Entre, mon enfant !≫ dit-elle.

The wolf let himself in and swallowed Granny whole!

À peine entré dans la maison, le loup avala Grand-Mère d'une seule bouchée !

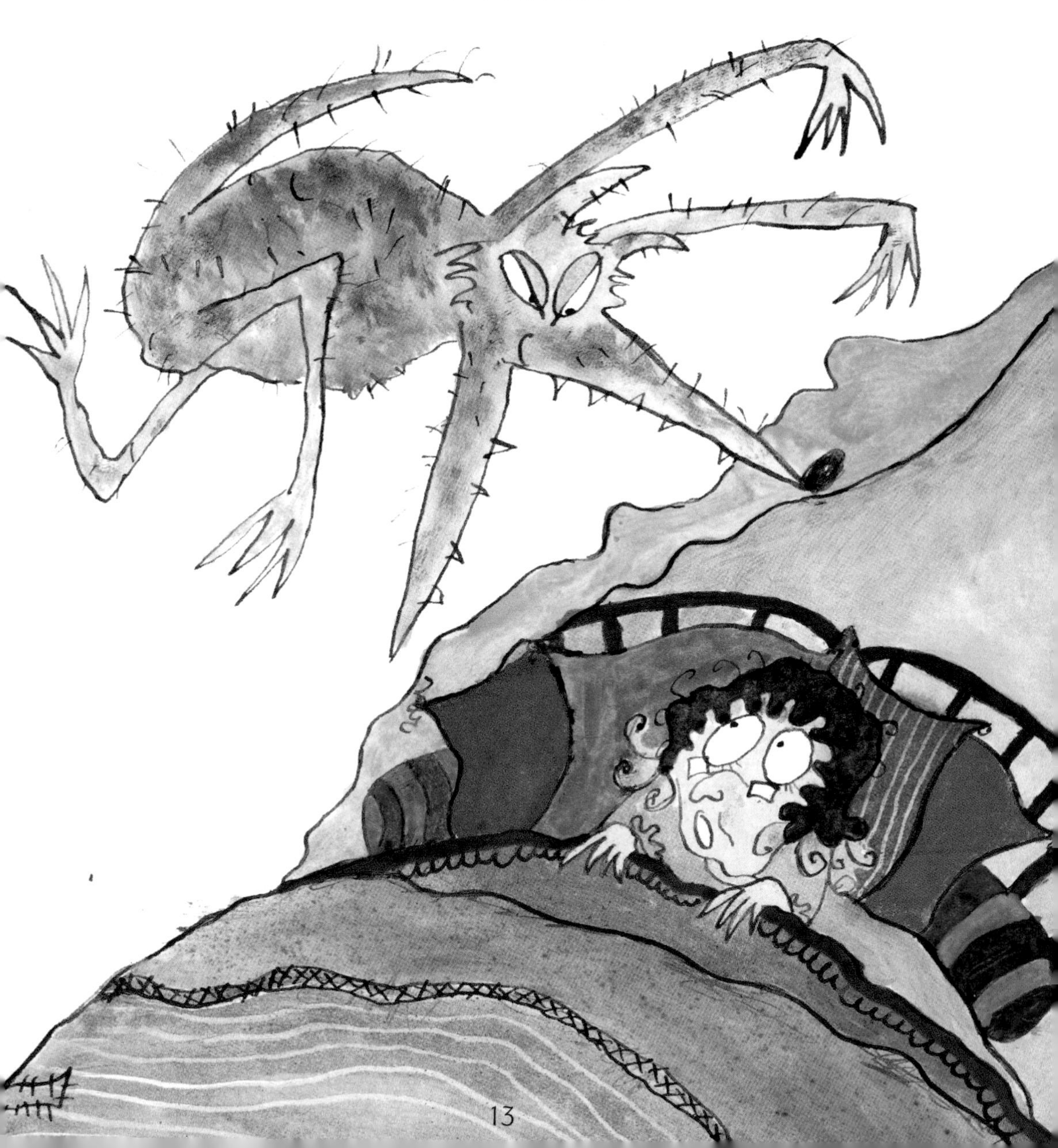

Then the wolf quickly put on
a nightgown and frilly cap,
and got into granny's bed.

Puis, il enfila vite une chemise de nuit et un
bonnet de nuit et hop, sous les couvertures !

Soon, Little Red Riding Hood arrived.
"Granny, it's Little Red Riding Hood."
"Come in dear!" called the wolf in
his squeakiest voice.

Bientôt, le Petit Chaperon Rouge frappa à la porte.
≪Grand-Mère, c'est moi, le Petit Chaperon Rouge.≫
≪Entre mon enfant !≫ dit le loup d'une toute
petite voix.

When Little Red Riding Hood went inside, she could hardly recognise Granny.

Une fois entrée, le Petit Chaperon Rouge eut du mal à reconnaître Grand-Mère.

"Oh Granny, you sound terrible!"
said Little Red Riding Hood.
"I have a cold, dear," said the wolf.

≪Oh Grand-Mère, tu n'as pas l'air d'aller bien !≫
dit le Petit Chaperon Rouge.
≪J'ai attrapé un rhume, mon enfant,≫
répondit le loup.

“Granny, what big ears you have!”
said Little Red Riding Hood.

«Grand-Mère, comme tu as de grandes oreilles !»
dit le Petit Chaperon Rouge.

"All the better to hear you with," replied the wolf.

≪C'est pour mieux t'entendre,≫ répondit le loup.

"Granny, what big eyes you have!" said Little Red Riding Hood.
"All the better to see you with," replied the wolf.

≪Grand-Mère, comme tu as de grands yeux !≫ s'écria le Petit Chaperon Rouge.
≪C'est pour mieux te voir, mon enfant !≫ répondit le loup.

"Granny, what big teeth you have!"
said Little Red Riding Hood.

≪Grand-Mère, comme tu as de grandes dents !≫ dit le Petit Chaperon Rouge.

"All the better to EAT you with!" roared the wolf and he leapt out of the bed.

«C'est pour mieux te MANGER !» hurla le loup en sautant hors du lit.

Little Red Riding Hood ran as fast as she could out of Granny's house. "Help! Help!" she screamed.

Le Petit Chaperon Rouge s'enfuit aussi vite qu'elle le put. ≪Au secours, au secours !≫ cria-t-elle.

The wolf tried to run after her,
but he tripped over the nightgown.

Le loup à sa poursuite trébucha
sur sa chemise de nuit.

Luckily, a woodcutter was nearby. He grabbed the wolf and made him cough up Granny.

Par chance, un bûcheron qui était tout près attrapa le loup et lui fit recracher Grand-Mère.

Then the woodcutter chased the wolf far away, deep into the wood.

Puis il chassa le loup au fin fond de la forêt.

Finally, Little Red Riding Hood and Granny took the the tasty cake out of the basket and shared it.

Enfin, le Petit Chaperon Rouge et Grand-Mère sortirent du panier le délicieux gâteau qu'elles partagèrent.

"I promise never to talk to strangers again," said Little Red Riding Hood.

≪C'est promis, plus jamais je ne parlerai aux inconnus,≫ déclara le Petit Chaperon Rouge.

Puzzle 1 / Activité 1

Put these pictures in the correct order. Which event do you think is most important? Now try writing the story in your own words!

Remets ces images dans le bon ordre. À ton avis, quel est l'événement le plus important? Essaye maintenant de réécrire l'histoire à ta façon.

Puzzle 2 / Activité 2

1. I am very hungry.
J'ai très faim.

2. I must find Granny.
Je dois trouver ma grand-mère.

3. Help!
Au Secours!

4. What a great disguise I've got.
Quel bon déguisement j'ai.

Choose the correct speech bubbles for each character. Can you think of any others? Turn over for the answers.

À quels personnages correspondent ces bulles? Peux-tu en imaginer d'autres? Les réponses se trouvent sur la page suivante.

Answers / Les Réponses

Puzzle 1 / Activité 1

1d, 2f, 3a, 4c, 5e, 6b.

Puzzle 2 / Activité 2

Little Red Riding Hood / Le Petit Chaperon Rouge: 2, 3

The wolf / Le loup: 1, 4